UNIVERSUM

Michelle Wilbert-Machado

Mr. James Und Lu

Jenseits des Hügels

europabuch

europabuch

www.europabuch.com | info@europabuch.com
ISBN 9791220134958
Erstausgabe: April 2023

Gedruckt für Italien von Rotomail Italia
Stampato presso Rotomail Italia S.p.A. - Vignate (MI)

Mr. James Und Lu

Jenseits des Hügels

Es war einmal vor langer, langer Zeit in einem weit entfernten Ort, zwischen Wiesen und Wäldern, die Heimattreu der Elstern. Die Schönheit der Landschaft und der riesige Goldschatz, den die Elstern besaßen, gab ihnen eine gewisse Sicherheit in ihrem Leben. Im Frühling war es besonders schön, durch seine berühmten rosa Kirschblüten-Alleen ließ es den Wald in einer wunderbaren romantischen Atmosphäre erscheinen. Außerdem gab es auch einen riesigen Bach, der durch den Wald floss. Wenn das Sonnenlicht auf das Wasser traf, kam es einem so vor, als ob viele kleine Kristalle unter der Oberfläche des Baches versteckt wären.
In der Regenzeit konnte man einen aromatischen Geruch von Moos wahrnehmen, den die Elstern besonders liebten. Wenn der Winter nahte und die ersten Schneeflocken fielen, wurde der Wald auf magische Art und Weise verzaubert. Ein weißer Mantel hüllte den ganzen Wald ein, dieser funkelte dadurch weit und breit, wie ein riesiger Diamant.
Alles schien perfekt zu sein. Es war so perfekt, dass es mit der Zeit langweilig wurde.
Aber es gab eine Elster, die verantwortlich für diese unendliche Stille im Wald war.
Sein Name war Mr. James! Er schaffte vor vielen Jahren ein neues Gesetz, dass nicht jeder Elster gefiel. Das Gesetz verbot es allen Elstern hinter den Hügel zu fliegen.
Die Herren Elstern waren sehr elegant. Sie trugen immer einen klassischen, schwarzen Klappzylinder aus Satin und natürlich eine schwarze Dinner Jacke und ihre Gefieder glänzten und glitzerten im Goldenen Sonnenaufgang.
Mr. James beschützte seinen Heimatort wie sein eigenes Leben. Er versuchte auf seine Art den Wald in Ordnung zu halten, denn zwischen diesem und jenem gab es immer

irgendeine Elster, die immer eifersüchtig auf ihn sah und versuchte seinen Posten zu übernehmen.
Zudem gab es in diesem Ort auch eine sehr strenge Regel, es war extrem verboten einen neuen Ort zu erkunden. Und so wurden mit der Zeit alle sehr ängstlich. Finsternis, Blitze, Gewitter, Donner und sogar Sternschnuppen bereiteten den Elstern sehr viel Angst und Schrecken.
Jeden Abend flog Mr. James im Wald hin und her. Er war so fürsorglich, obwohl es Nachtwachen im Wald gab. Er sagte immer: „Sicherheit, kann man nie genug haben.“

Am früh morgen, bevor die Sonne aufging, traf Mr. James drei Elster-Ladys, die ihn gerade sahen und unbedingt mit ihm reden wollten. Nun, immerhin war er sehr charmant, wahnsinnig elegant und nicht vergeben.

Mr. James hob seinen Hut ab und breitete seine Flügel nach außen aus.
„Einen schönen Guten Morgen meine Damen!“ - „Guten Morgen Mr. James!“, sagten die drei Elstern gleichzeitig.
„Einen angenehmen Tag, wünsche ich euch!“, sagte der überkorrekte Vogel.
Die Elster-Damen trugen alle sehr stilvolle Kleider und wenn die Sonne herunterbrannte, benutzten sie alle einen Stoffschirm, um ihre Gefieder vor dem Sonnenlicht zu schützen.

Ein paar Minuten später sah Mr. James eine Elster, die er noch nie zuvor gesehen hatte. Sie sah am Himmel wunderschön aus und ihr Gleitflug hatte bei ihm einen bleibenden Eindruck hinterlassen. Mr. James wischte sich mehrmals die Augen. - Wie kann das nur möglich sein? - dachte er. Immerhin war er sich sicher, dass er jede Elster kannte. Er schaute ein zweites Mal in den Himmel, doch sie war nicht mehr auffindbar. Neugierig suchte er schnell die drei Ladys, die er eben begrüßt hatte. Als Mr. James die Drei wieder sah, rief er mit großer Heftigkeit nach ihnen: „Misses! Misses!“

Sie waren schon hinter dem glitzernden Bach, der sich in dem Wald befand. Doch er schrie so laut, dass sie ihn trotzdem hörten. Die Damen waren über die Aufmerksamkeit von Mr. James sehr erfreut. Die Drei gingen zügig zu ihm und waren gespannt, was er zu sagen hatte. „Tja, vielleicht wird er eine von uns zum Tee einladen.“ sagte Lady Ada. Aber Lady Elize erwiderte sofort: „Das ist euch klar, dass Mr. James mich einladen wird?“ - „Was soll das heißen?“ fragte Lady Pam. „Nun, das muss euch doch wohl bewusst sein, dass Mr. James immer mich bevorzugt hat.“, sagte Elize in einem arroganten Tonfall. Als sie bei Mr. James ankamen, fragte er, ohne böse Absicht: „Ich bedauere meine Unhöflichkeit und Hastigkeit, aber ich sah gerade eine Elster an mir vorbeifliegen. Vielleicht ist sie ja eine ihrer Freundinnen und sie können mir weiterhelfen?“ Die drei Elstern waren so entsetzt über die Frage, dass kein Wort über ihren Schnabel kam.
„Alles in Ordnung, Ladys? Sie sind so still.“ fragte Mr. James.
Zunächst sahen sie ihn nur an, dann antwortete Elize mit einer Stimme, die sehr genervt klang:
„Nein, Mr. James. Wir haben eben keine andere Elster gesehen, die am Himmel vorbeiflog. Nicht wahr, Ladys?“ Die anderen beiden, die genauso genervt waren wie Elize, stimmten ihr zu.
Es war natürlich eine Lüge gewesen. Lady Pam, Lady Ada und Lady Elize war sehr wohl bewusst, wen Mr. James meinte. Just in diesen Moment machte die

zauberhafte Elster einen Rüttelflug, genau über ihnen. Entzückt schrie Mr. James auf: „Oh, du meine Güte! Was für ein Zufall, da ist sie ja wieder.“ „Ach, Mr. James, das ist doch nur Lu.“ erwiderte Elize verblüfft.

„Sie ist eine Außenseiterin, ein Wildling. Sie wohnt außerhalb unseres Dorfes. Außerdem findet sie unsere Teestunde am Nachmittag abscheulich. Wir bedauern solche Worte über Lu zu sagen, aber sie gehört nicht zu uns! Sie ist keine richtige Elster. Und noch etwas, sie trägt keine Kleider, sondern Latzhose und selbst am heißesten Tag im Jahr, benutzt sie keinen Sonnenschirm.“ „Oh, ja Mr. James, Elize hat wohl Recht, ihr Gefieder muss sehr ungepflegt und zerrupft sein.“ fügte Lady Ada hinzu.

Mr. James hatte genug gehört und versuchte so schnell wie möglich von den drei intriganten Ladys wegzufliegen. „So Ladys, es war nett mit euch zu plaudern, aber jetzt muss ich mich wieder um das Wohlergehen der Elstern in unserem Wald kümmern.“

Die Hitze des Tages verflüchtigte sich am frühen Abend und Mr. James nutzte die Zeit, um einen Spaziergang zu machen, als ihm plötzlich ein kühler Wind um die Ohren pfiff. Er dachte an seinen Freund Benjamin, der inzwischen auf dem Weg zu Arbeit war. Benjamin war immer locker, lustig und humorvoll. Er hatte eine coole Art zu reden, so wie Mr. James niemals sprechen würde.
„James was machst du hier? Heute bin ich dran mit der Nachtwache, hast du das etwa vergessen?“ fragte Benjamin völlig überrascht. „Benjamin mein Freund, eigentlich bin ich nur hier, weil ich dich um einen Riesen-Gefallen bitten möchte.“ - „Also dann schieß los! Was hast du auf dem Herzen?“

„Ja, so kann man das wohl sagen. Ich wollte dich fragen, ob du eine gewisse Lady Lu kennst?“ „Luuu? Meinst du die Lu mit den mörderischen langen schwarzen Wimpern?“ fragte Benjamin mit zitterten Stimme.
„Naja, bis jetzt habe ich sie nur in der Luft bewundert, deswegen komme ich hierher, um dich um deine Hilfe zu bitten. Könntest du uns bekannt machen?“ „Iich?“ sagte Benjamin sehr aufgewühlt. „Mein Lieber Freund James, ich kann dir gerne sagen, wo du Lu finden kannst, aber ich fliege auf gar keinen Fall mit dir dorthin“ erwiderte Benjamin.
„Und wieso nicht?“ wollte Mr. James wissen. „Das erste Mal, als ich sie sah und mit ihr sprechen wollte, hat sie ihren Schnabel ganz weit aufgerissen und lauthals gebrüllt. Sie ist eine echte Zicke!“ sagte Benjamin und wollte auch nicht locker lassen seinen Freund zu überzeugen: „Ich sage dir James, ihre Schönheit muss man besser aus der Ferne bewundern.“

Mr. James war verärgert und zog die Stirn in Falten.
„Na gut, James, bevor du brummig mit mir bleibst, verrate ich dir natürlich, wo sich Lu befindet. So, pass mal auf! Lu fliegt jeden Morgen bevor die Sonne aufgeht Richtung Osten und bleibt oben im höchsten Tannenbaum, den es dort gibt, sitzen. Nachmittags fliegt sie wieder in Richtung Westen und bleibt auf dem Hügel bis die Sonne untergeht. Ist das nicht merkwürdig, das jeden Tag zu machen? Sie ist echt albern!“ - „Benjamin, vielleicht hast du Recht, aber so schlimm es auch sein mag, ich werde Lu kennenlernen.“ - „Dann wünsche ich dir viel Spaß, mein Freund. Ach, bevor ich es vergesse, halte ein bisschen Abstand von ihr und vermeide bitte Blickkontakt. Es ist nur zu deiner Sicherheit.“ - „Ich danke dir für deinen Rat, Benjamin.“ seufzte Mr. James.

Gleich am nächsten Morgen suchte Mr. James nach Lu. Er flog früh morgens Richtung Osten des Waldes. Endlich angekommen, wartete er dort versteckt hinter dem höchsten Tannenbaum auf sie. Als sie erschien, beobachtete er sie scheinbar unbemerkt. Nachmittags flog er ihr nach Westen hinterher und beobachtete sie weiter. Dieses Verhalten wiederholte er mehrere Tage und je häufiger er das machte, desto neugieriger wurde er.
Doch der Morgen des sechsten Tages begann anders als geplant. Als James Lu wieder beobachten wollte, schrie diese ohne jede Begrüßung: „Was wollen Sie hier?"
Mr. James war perplex und blieb stumm. „Kann es sein, dass sie mich seit Tagen beobachtet haben?" fragte Lu unhöflich.
In diesem Moment lief Mr. James eine eiskalte Schauer über den Rücken. Er riss die Augen weit auf und starrte ins Leere. „Nein, i i i ich wollte ja nur…" stotterte er. „Nein, i i i ich wollte ja nur…" wiederholte Lu zickig.
Mr. James hatte sich in seinem ganzen Leben noch nie so hilflos und verzweifelt gefühlt. Er dachte an seinen Freund Benjamin und nahm aus sicherer Distanz Blickkontakt zu ihr auf.
„Ich heiße James und Sie sind bestimmt Miss Lu? Es ist schön ihre Bekanntschaft zu machen."
„Mmh, erstens bin ich keine Miss und zweitens, wer kennt nicht den langweiligen Mr. James?"
Mr. James versuchte ein bisschen mit ihr zu plaudern, aber Lu verlor die Beherrschung.
Sie packte Mr. James drohend am Kragen und befahl ihm sofort zu fliegen.
„Donnerwetter! Verurteilen Sie jede Elster so leicht?" fragte er mit fester Stimme.
„Lebewohl, Mr. James." sagte Lu kalt. Enttäuscht flog Mr. James nach Hause. Er grübelte lange, inzwischen

war es schon dunkel geworden, doch er kam nicht zu Ruhe. „Morgen fliege ich wieder zu ihr." dachte James. Und tatsächlich machte er das auch.
„Sie schon wieder?" seufzte Lu. Mr. James versuchte sie zu beruhigen und bat sie sich ein einziges Mal den Sonnenaufgang gemeinsam mit ihm anzusehen. Lu wurde weich, nickte zustimmend mit dem Kopf. „Kommen Sie schnell oder Sie werden das Spektakel verpassen." forderte Lu. Neugierig fragte sie anschließend: „Und wie fanden Sie es?" Mr. James setzte sich mit seinen Gedanken auseinander. Nach einer Weile sagte er:
„Nun, ich frage mich die ganze Zeit, was Sie am Sonnenaufgang so interessant finden?"
„Sie haben wirklich nicht gesehen, was ich sehe, oder, Mr. James?" Lu seufzte. „Du dummer Vogel.", sagte sie leise. James erwiderte: „Ich bedaure, Sie enttäuscht zu haben."
„Lieber Mr. James, Sie müssen mehr mit dem Herzen sehen. Es lohnt sich immer!"

Ein neuer Tag brach an, Mr. James war dabei sein Frühstück vorzubereiten als jemand plötzlich an der Tür klingelte. Es war sein Freund Benjamin.
„Und, wie war es?", wollte Benjamin neugierig wissen. „Ich habe doch wohl Recht gehabt, sie ist eine echte Zicke, oder?"
Mr. James lächelte: „Komm doch rein. Bei einer guten Tasse Tee können wir uns viel entspannter unterhalten."
Benjamin war ungeduldig. „Komm, sag endlich?"
„Um die Wahrheit zu sagen, weiß ich es immer noch nicht, ob ich erschrocken oder beeindruckt von ihr sein soll. Miss Lu hat ein bisschen viel Temperament, aber das nächste Mal wird bestimmt besser.", sagte Mr. James.
Benjamin nickte! „Wie jetzt? Fliegst du wieder zu ihr?"

Mr. James lächelte: „Ja, natürlich! Aber nur aus purer Neugier."
„Leck mich an den Federn, du bist verliebt!" sagte sein Freund baff.
„Nein, natürlich nicht." Mr. James wurde rot. „Aber dein Ausdruck ist echt charmant, Benjamin."
„Ich sage es dir im gutem James, du wirst noch, deinen Vogelverstand komplett verlieren." „Um Himmels Willen Benjamin! Du hast wieder zu viel Tee getrunken und Pfefferminz Schokolade vernascht.", sagte Mr. James mit weit aufgerissenen Augen.
Der Tag ging sehr schnell vorbei und der Abend begann mit dem Licht des Sonnenuntergangs und da durch, verwandelte sich der Himmel in einen zart Rosa-Rote Tönen, die durch die Wolken drangen.
Hektisch verabschiedete sich Mr. James von seinem Freund und flog furchtlos nach Westen.
Benjamin schüttelte mehrmals den Kopf. „Armer James, er ist tatsächlich von Amors Pfeil getroffen."
Als Mr. James dort an kam, war die Sonne gerade hinter dem Horizont verschwunden. Hoffnungslos und sehr enttäuscht ging er durch den Wald, plötzlich und unerwartet, hörte er einen Pfiff. Es war Lu, sie ging hin und her auf einem mächtigen Ast und schob ihre beiden Flügel unter den Latzhosenträgern die ganze Zeit hin und her.
„Sie geben tatsächlich sehr schnell auf nicht war, Mr. James?"
„Nein", erwidert er. „Ich dachte nur…"
„Ja, das ist ihr Problem, Sie denken viel zu viel darüber nach und vergessen nach dem wahren Sinn des Lebens zusehen.", seufzte Lu. „Dann sehen wir uns bestimmt morgen wieder, nehme ich an."
Mr. James war sehr erfreut das zu hören, denn er hatte schon an dieser Stelle alles aufgegeben aber am Ende, bei

diesen netten Wörtern von Lu, gab es eine kleine Hoffnung für ihn.
Am nächsten Tag trafen sie sich wieder. Mr. James Augen glitzernden vor Neugier.
„Bedauerlicherweise, hatte ich gestern nicht das Glück den Sonnenuntergang zu sehen.“, sagte er sehr geschickt, „trotzdem war es sehr nett sich mit dir zu unterhalten.“
„Mit dir? Sind wir schon so vertraut?“, lachte Lu.
„Verzeih mir, aber ich habe das Gefühl, dass wir uns schon lange kennen.“
„Natürlich verzeihe ich dir James. Gestern war es Recht nett, nicht mehr und nicht weniger.“
Mr. James senkte immer noch den Kopf nach unten, wenn er mit Lu redete, damit er ihr nicht in die Augen schauen muss, immer hin fand er es merkwürdig, dass sie plötzlich sehr nett zu ihm war.
Es war so weit, die Sonne ging auf und bringt die ersten Sonnenstrahlen in den Wald.
„Das ist fantastisch, oder James?“ fragte Lu neugierig.
Aber Mr. James war immer noch nicht so weit. Er konnte immer noch nicht verstehen, wieso Lu die Natur so bewunderte. Der Wald hieß für ihn Arbeit, wo er für Disziplin und Sauberkeit sorgte, alles andere ist bedeutungslos.
„Sie haben wieder nichts gesehen, nicht wahr?“
Mr. James wollte nicht unhöflich sein. Er seufzte traurig.
„Das macht nichts.“, sagte Lu mit voller Hoffnung.
„Morgen wird an dem Abendhimmel, die größte Show des Jahres zu sehen sein, dadurch haben wir die Chance viele Sternschnuppen zu bewundern. Ich weiß, dass Sie Angst vor Sternschnuppen haben, aber ich werde bei ihnen sein, nun, es gibt keinen Grund, sich zu fürchten.“
Trotz der Angst, vor Sternschnuppen, nahm er die Einladung an.

„Bis morgen Abend, Lu!“ sagte er bedenklich.
„Bis morgen Abend, James!“
Auf dem Weg nach Hause, traf Mr. James wieder Benjamin, der sich gerade mit drei Kumpels unterhielt. Sie heißen: Elliot, Oscar und Finnegan.
Elliot war einer von der tapfereren Nachtwache. Er war eine sehr robuste Elster mit einem gewaltigen Schnabel.
Oscar war das Gegenteil von ihm. Und wegen seines Gewichts, konnte er kaum in der Luft bleiben, außerdem war er ziemlich naiv.
Und dann gab es noch Finnegan, er war ein geheimnisvoller Vogel mit einer ganz miesen Laune.
„Alles in Ordnung meinen Herren?“ fragte Mr. James.
„Im Moment ist alles in Ordnung.“ erwiderte Elliot. Aber Benjamin konnte seinen Schnabel nicht halten. „Warst du schon wieder bei Lu, James? Ich habe mir schon Sorgen gemacht.“
„Naja, wir haben uns auf den Weg zufällig getroffen.“ sagte Mr. James, der gerade noch im siebten Himmel war. Er wollte nicht zu viel über Lu reden, obwohl er das sehr gerne getan hätte.
„Welche Lu meinst du Benjamin? Das ist nicht der Wildling, oder?“ fragte Elliot skeptisch.
„Was habt ihr überhaupt gegen Lu?“, fragte Mr. James mit fester Stimme.
„Das ist ganz einfach.“ erwiderte Finnegan. „Lu ist keiner von uns, sie ist ein Unglücksrabe und ein Pechvogel.“
„James du sieht das nicht, weil du verliebt bist.“ sagte Benjamin.
„Ach, wirklich.“ erwiderte Mr. James verdrossen.
„Was bedeutet eigentlich verliebt zu sein?“, fragte Oscar wieder naiv. Benjamin versuchte auf seiner Art zu erklären, aber es gelang ihm nicht. „Verliebt zu sein bedeutet, dass man viel zu viele Schmetterlinge im Bauch hat. „Oh

du Heiliger Vogel!", sagte Oscar, besorgt. „Aber wenn das so ist, spuk schnell alles raus James, es besteht die Gefahr, dass du Durchfall oder Verstopfung bekommst."
Mr. James seufzte. „Ich habe heute einen anstrengenden Tag gehabt, ich gehe jetzt schlafen. Ach Benjamin, bevor ich es vergesse, ich bin morgen Abend nicht anwesend, könntest du für mich den Wald kontrollieren?"
„Ja James, das mache ich sehr gerne." Benjamin seufzte. „Er fliegt bestimmt wieder zu ihr."
„Mein lieber Schnabel!" sagte Elliot. „Hier im Wald ist was los."
„Ja, ja!" sagte Finnegan Arrogant. „Wie lautet ein weises Sprichwort: Zeig mir deinen Schnabel und ich sage dir, wer du bist."
Mr. James war ziemlich wütend auf seine Vogelgemeinschaft. Er konnte es nicht verstehen, wieso alle Elstern Lu nicht akzeptieren wollten.
Der nächste Tag war für ihn eine große Herausforderung. Vor nichts hatte er so viel Angst wie vor Sternschnuppen und Donner. Während er seine Arbeit machte, versuchte er nicht so viel darüber nachzudenken. Aber der Tag verging so schnell und es wurde Abend. Mr. James atmete tief durch und flog wie versprochen zu Lu. Die beiden setzten sich auf einen sehr gemütlichen Ast und warteten auf das Spektakel.
„James darf ich Sie was fragen?"
„Ja, selbstverständlich." sagte er.
„Wieso vermeiden Sie den Blickkontakt mit mir?"
„Naja, das ist so, im Dorf erzählt man, dass Sie mörderische lange Wimpern haben."
Lu lächelte zwinkernd, dann schaute er zu ihr und lächelte zurück.
„Donnerwetter! Sie haben wirklich mörderische lange Wimpern."

Lu hob den Blick.
Einen Augenblick lang herrschte Stille, zwischen den beiden, dann huschen jede Menge Sternschnuppen über den Himmel.
„Ist alles in Ordnung, James?“, fragte Lu.
Aber sein Herz ist ihm fast in die Hose gerutscht und er lächelte durchaus komisch.
„Geht es Ihnen wirklich gut?“, fragte Lu wieder.
„Mhm-hm.“ Antwortete er.
„James du bist echt ein seltsamer Vogel aber irgendwie süß. Nun, du darfst dir jetzt etwas wünschen.“ flüsterte Lu Mr. James ins Ohr.
Mr. James versuchte seine Angst zu verbergen. „Wünschen“ wiederholte er zitternd.
„Ja klar! Man sagt, wenn eine Sternschnuppe über den Himmel huscht, geht ein Wünsch in Erfüllung.“
„Nein, danke, lieber nicht!“ Antwortete er mit einem seltsamen Lächeln auf dem Schnabel.
Aber Lu ließ nicht locker. „Versuch es einfach mal.“
Mr. James verschränkte die Flügel vor der Brust. „Ne, ne, ne, ich mache das nicht.“
„James, ich muss ganz ehrlich sagen, du bist kein romantischer Vogel.“
„Ich bin immer sehr höflich und ehrfürchtig. Ist das nicht romantisch genug?“
„Oh, mein lieber James ich bitte dich. Höflich und ehrfürchtig hat nicht im geringsten mit Romantik zu tun.“
„Mh,“ erwiderte Mr. James mit Überlegung. „Vielleicht hast du doch recht!“ Lu schaute ihn überrascht an und drehte den Kopf. „Du bist echt steif James, versuch mal ein bisschen lockerer zu sein.“
Mr. James zuckte mit den Schultern und lachte.
Die beide unterhielten sie die ganze Nacht und wurden am frühen Morgen von einer angenehmen Brise

überrascht. Der Wind weht durch die Bäume, Lu seufzte glücklich. „Eines Tages werde ich um die Welt fliegen. Haben Sie noch nie darüber nachgedacht, James, so was zu machen?"
„Gewiss nicht." Antwortete er. „Es scheint mir viel zu riskant zu sein."
„James, du musst, das Ganze als mögliches Abenteuer sehen."
„Gewiss werde ich so was nie machen. Wir haben es hier gut und sicher, wir brauchen keinen neuen Ort kennenzulernen. Ein unbekannter Ort ist ein gefährlicher Ort", sagte er mit aufgerissenen Augen.
Lu schüttelte den Kopf. „Du bist ein sturer Vogel James."
„Ich bin nur ein vorsichtiger Vogel." Erwiderte Mr. James ein bisschen verärgert.
Es wird Zeit nach Hause zurückzufliegen.
Dann fiel Mr. James etwas auf.
„Miss Lu!"
„Nur Lu, bitte!" erwiderte sie.
„Gewiss." Mr. James redete weiter. „Ich möchte gerne wissen, was dich dazu geführt hat, mich an deiner Seite zu haben?"
„Es ist sooo, bis jetzt warst du James die einzige Elster, die nicht gefragt hat, wieso meine ganzen Federn schwarz sind. Aber wahrscheinlich sind Sie farbenblind.", sagte Lu traurig. In diesem Augenblick wurde Mr. James bewusst, warum alle Elstern Lu nicht akzeptieren wollten.
„Nein." Entgegnete Mr. James laut. „Ich bin mir dessen sehr wohl bewusst, dass es auf deinem Gefieder keine weißen Flecken gibt. Aber das bedeutetet nicht, dass du keine Elster bist. Und noch was, in meinen Augen sind Sie schöner als alle anderen Elstern, die ich je gesehen habe."

Von diesem Zeitpunkt an, waren die beiden unzertrennlich und Mr. James hatte sich unsterblich in die schöne Lu verliebt.
Inzwischen sind einige Monate vergangen, Mr. James saß auf seinem Sessel und dachte ganz genau nach, bevor er seine Idee teilte. Doch plötzlich stand er auf und flog zu Benjamin hinüber.
„Lu fühlte sich ungerecht behandelt, wegen der Farbe ihres Federkleides.“, sagte er.
„Darum schlage ich vor, dass wir uns heute Abend versammeln, um das Thema zu debattieren. Es kann nicht immer so bleiben, Lu wird hier bei uns wohnen.“
„Oje, das hatte ich schon befürchtet!“, erwiderte Benjamin. „Vielleicht hast du Recht mein Freund, aber unabhängig davon, möchte ich sagen, dass es nicht so einfach wird. Finnegan hat üble Sachen über dich verbreitet, die Elstern sind wütend und enttäuscht.“
Am Abend desselben Tages hatten sich alle Elstern versammelt. „Meine Lieben Elstern.“ sagte Mr. James, scharf und durchdringend. „Es ist eine Weile her, dass wir uns alle zusammentrafen, aber es ist mir sehr wichtig euch mitzuteilen, dass eine Elster ganz alleine im Wald wohnt, darum bitte ich euch sie hier in unserem Dorf herzlich zu willkommen zu heißen. Diese Elster, von der ich rede, ist sehr bescheiden, nett und außergewöhnlich und ich sag ihnen das, weil ich mit ihr schon eine lange Zeit zusammen verbracht habe.“
„Ach, papperlapapp, Mr. James.“ Unterbrach Finnegan ihn. „Sag einfach die Wahrheit, Sie sind von Kopf bis Fuß in Lu verliebt, deshalb sind Sie nicht mehr bei Verstand.“ Finnegan redete weiter: „Habt ihr das gehört? Mr. James möchte einen Wildling ins Dorf bringen.“

Mr. James versuchte sich zu erklären, aber Finnegan unterbrach ihn immer wieder. Er wollte unbedingt der Anführer sein.
„Finnegan hat vollkommen Recht!“, mischte sich Elize laut ein. Elize war außer sich und sehr wütend, dann riss sie ihren Schnabel noch mehr auf. „Lu ist bestimmt eine Krähe oder vielleicht ein Rabe, wer weiß das schon! Aber auf gar keinen Fall einer von uns.“
Auf einmal geriet alles außer Kontrolle.
Mr. James erhob sich von seinem Stuhl, runzelte die Stirn und mit voller Lautstärke, sagte er: „Vergesst nicht wer mit euch spricht!“ Alle Elstern waren plötzlich sehr still.
„Ihr habt Lu nie gemocht, und zwar weil sie keine weißen Flecken auf ihrem Gefieder hat.“
„Aber Mr. James um alle liebe.“ sagte Elize. „Sogar das Ende ihres Flügels ist schwarz.“
„Ihr Ton gefällt mir nicht, Miss Elize.“ Sagte Mr. James schrill. „In drei Tagen, werde ich ein angemessenes Fest machen, zudem ich Lu einladen möchte. „Macht euch rechtzeitig Gedanken, wie wir diesen Tag, ohne Schwierigkeiten Gemeinsam verbringen werden.“ An diesem Abend hat sich keine Elster getraut ihren Schnabel auf zumachen.
Am nächsten Morgen überbrachte Mr. James Lu die Neuigkeit. Lu war nicht so begeistert und ringt nach Luft.
„Waaaaas!“ Sagte Lu hysterisch. „Das ist alles zu schnell James, ich brauche Zeit, um nachzudenken.“
„Wir können uns nicht immer verstecken, weißt du noch? Das sagtest du einmal zu mir.“, sagte Mr. James.
Lu rollte mit den Augen und legte die Flügel in die Hüften.
„Sie werden doch kommen, oder Lu?“, fragte Mr. James, erwartungsvoll.
Lu atmete zitternd. „Das ist aber schon in drei Tagen!“

„Du brauchst dir keine Sorgen zu machen, alle werden sehr nett zu dir sein."
Lu nickte zustimmend.
Mr. James atmete erleichtert auf. „Jetzt muss ich zügig zum Dorf fliegen, es liegt noch jede Menge Arbeit vor uns."
Nach zwei Tagen schwankten Lus Gefühle zwischen Angst und Hoffnung.
Je mehr Lu darüber nachdachte, desto schneller rast die Zeit. Lu murmelt. „Hätte Mr. James bloß, diese Idee nicht gehabt."
Und so ging der morgen im Nu vorbei. Der Nachmittag rückte immer näher und Lus Unsicherheit wurde immer größer. Verzweifelt beschloss sie nicht ins Dorf zu fliegen. Sie breitete die Flügel aus und flog irgendwo mitten in dem Wald, zu einem bisher noch unbekannten Ort. Dort fand sie einen einsamen Teich. Das Wasser war trüb, dreckig und voller Spinnennetzen. Einen Augenblick fühlte Lu sich genauso wie er. Ihr flossen Tränen über ihr Gesicht, doch dann geschah etwas Unerklärliches, eine besorgte Stimme kam aus dem Wasser hinaus.
„Wer seid ihr?", fragte Lu.
„Ich bin der Teich, aber du kannst mich hässlich nennen."
„Wieso hässlich? erwiderte Lu."
„Nun, schau mich mal mal an. Neben so vielen schönen Teichen, die es in unserem Wald gibt, bin ich der hässlichste."
„Und wie siehst du das?", fragte Lu bedenklich.
„Es ist ganz einfach." Antwortete der Teich. „Während du mich anschautest, konnte ich mich in deinen Augen selber sehen."
„Ja, es ist womöglich." Antwortete Lu, „Dieses Gefühl habe ich auch ständig."

Auf einmal ändert sich die Wetterlage und die ersten Schneeflocken fielen vom Himmel herab. Lus Federn waren nicht mehr nur schwarz, sondern waren mit weißen Flecken bedeckt.
Ihr gefiel, was sie in ihrem Spiegelbild sah, und lächelte, das Spiegelbild lächelte ihr zurück. Auf einmal war Lus Gefühl ganz anders, sie fühlte sich zum ersten Mal im Leben wie eine richtige Elster, und so traf sie eine mutige Entscheidung und flog zu der großen Party, um ihr Glück zu feiern.
Den Teich hielt das für keine gute Idee. Aber was er sagte, konnte Lu nicht mehr hören.
„Flieg nicht gegen den Wind Lu!„
Aber Lu hatte nur eine Sache im Kopf, und zwar: Einmal im Leben genauso, wie die anderen sein.
Es war inzwischen dunkel geworden, das Dorf, war schon festlich geschmückt für den großen Auftritt. Aber die Wetterlage hatte sich inzwischen, stark verändert. Aus Schneeflocken wurden Regentropfen. Als Lu im Dorf landete, rissen alle den Schnabel auf.
Mr. James konnte es nicht glauben. „Was hat sie sich bloß dabei gedacht?“ sagte er, so dass es nur Benjamin hören konnte.
Als Lu nieste, schrie eine Elster sehr laut aus dem Hintergrund: „Vogelgrippen Alarm!“ Alle fingen anzulachen, es war ein gruseliges Lachen.
„Was ist denn so lustig?“ fragte Lu betrübt.
„Ich bitte um Verzeihung.“ Erwiderte Ada. „Aber deine wunderschönen weißen Flecken sind geschmolzen, meine Liebe.“
“Einen kräftigen Flügelschlag für Lu.“ sagte Elize laut.
„Es ist Genug!“ Schrie Mr. James so laut, dass den Elstern das Blut in den Adern gefrieren ließ.

Danach ging er zu Lu, um sich zu entschuldigen, aber sie wollte davon nichts hören.
Mr. James war entsetzt von dem Verhalten der Elstern und traf eine Entscheidung, mit der niemand gerechnet hatte. „Wer nicht auf meiner Seite steht, ist ab sofort mein Feind. Und verlange von denen das Dorf für immer zu verlassen." Aber das Schicksal hatte sich einen anderen Plan ausgedacht. Und auf einmal wurde es sehr still im Wald, irgendwas gigantisches näherte sich. Die Elstern spürten Gefahr und konnten nicht an Flugfedern des Vogels in der Dunkelheit erkennen, um was es sich handelt. Elliot schaute zum Himmel hinein und sah zwei riesige Orange Augen. „Das ist der Vogel der Nacht." rief er hysterisch. Die Elstern gerieten in Panik und innerhalb weniger Sekunden kam sie geschickt in einer beuteerwerbshandlung und griff sich Lu und flog mit ihr Außenhalb des Hügels.
Als dann die Sonne langsam aufging, kam mit ihr auch, das schlechte Gewissen, und tief in ihrem Herzen tat es ihnen sehr leid. Es war bereits über eine Woche vergangen, indem die Eule Lu mitnahm.
Mr. James musste irgendwas tun. Aber was? und Wie? Es war ein betrübender Gedanke, der in seinem Kopf vor ging. Benjamin ging zu Mr. James, um zu fragen, wie es ihm ging.
„Ich muss gleich nach Osten fliegen." sagte Mr. James.
„Was machst du dort, James? Lu ist nicht mehr da." Erwiderte Benjamin.
„Ich weiß, trotzdem muss ich versuchen zu verstehen, was Lu immer dort sah, vielleicht gib mir die Natur eine Antwort".
„Ich fliege mit dir, James." sagte Benjamin.
Die beiden flogen nach Osten und warteten auf den Sonnenaufgang.

„Und, siehst du irgendwas?“, fragte Benjamin Mr. James.
„Nein, und du?“, fragte Mr. James Benjamin.
„Auch nicht.“ Benjamin verdrehte die Augen. „Es kann nicht so schwer sein. Lu sagte immer zu mir, dass ich mit dem Herzen sehen muss, aber ich weiß nicht, wie ich das machen soll.“
Mr. James seufzte. „Na gut, lass uns nach Hause fliegen Benjamin.“ In dieser Nacht konnte Mr. James nicht schlafen, er ging nach draußen und kreischte so laut, dass jede Elster wach wurde. Es handelte sich um einen Notruf.
„Ich möchte jetzt auf der Stelle wissen, wer auf meiner Seite steht.“ Alle Elstern hoben ihre Flügel hoch. „Schön, dass ihr jetzt alle auf meiner Seite seid. Morgen werden wir alle nach Osten fliegen und dort im größten Tannenbaum den Sonnenaufgang sehen. Lu hat das immer so gemacht und wir müssen irgendwie herausfinden, was genau sie sah. Gemeinsam sind wir stärker.“
Am nächsten Tag in der Morgendämmerung flogen alle zusammen nach Osten. Der Morgen war windstill, als ob er wusste, dass Lu nicht mehr dort war, um ihn zu bewundern.
Die Elstern saßen alle auf dem Baum und versuchten die Natur mit Lus Augen zu sehen, indem alle für einen Moment lang die Augen schlossen.
Als sie die Augen zum Horizont öffneten, sahen plötzlich den Wald nicht mehr so, wie er einmal war.
Sie alle schauten genau zu, wie die Natur langsam begann zu erwachen, obwohl, der Tag davor nicht so gut war, schuf sie es jedes Mal den nächsten Tag mit voller Kraft, Energie und Lebensfreude zu beginnen. Plötzlich spürten die Elstern im Herz Mitgefühl, Akzeptanz und Toleranz und auf einmal konnte jeder verstehen, warum Lu die

Sonne so bewundert hatte. Es war die Natur und die Einsamkeit der Sonne, die mit ihr verbunden war.
Mr. James blieb nichts anderes übrig, er musste seine Angst überwinden, um Lu nach Hause zu holen. Dann traf er eine wichtige Entscheidung. „Wir fliegen Morgen über den Hügel, und zwar kurz vor Tagesanbruch." sagte Mr. James mit fester Stimme.
„Benjamin, Elliot und Finnegan ich würde mich daher sehr freuen, wenn ihr mich in die unbekannte Welt begleiten würdet."
„Gewiss James, wir sind auf jeden Fall dabei." bestätigten die drei.
„Gut!" erwiderte Mr. James. „Die anderen Wächter bleiben hier und passen auf das Dorf auf."
„Und was ist mit mir?", fragte Oscar.
„Nee, nee mein Lieber, du kannst nicht mitkommen.", sagte Finnegan.
„Warum denn nicht?", erwiderte Oscar.
„Es ist gut gemeint, aber du bist viel zu schwer, um zu fliegen." sagte Finnegan.
Mr. James nickte zustimmend.
„Nun, das ist ja alles gut und schön, aber ich bin der Einzige von uns, der den Weg nach Eulenland kennt."
Elliot rollte mit den Augen. „Du hast diesen Wald nie verlassen, woher weißt du den Weg?"
Oscar rückte seine Brille zurecht und sagte. „Ich habe es irgendwo gelesen."
„Na gut, weiß jemand anderes außer Oscar den Weg nach Eulenland?", fragte Mr. James.
Einige Augenblicke sahen sie sich schweigend an.
„Also, nein!" erwiderte Mr. James. „Du bist auch dabei Oscar."
„Das ist ja ein Witz", sagte Finnegan nicht begeistert von der Entscheidung.

„Du hast immer noch nicht ganz kapiert, um was es geht, oder Finnegan? Toleranz und Akzeptanz, mein Freund und es wäre ein guter Anfang, wenn du deine schlechte Laune in den Griff bekommst."
„Meine Oma sagte immer: Schlechte Laune ist ein Ruf nach Liebe. Denk nach." Sagte Oscar cool.
Danach hockte Oscar sich auf den Boden und gab mit einem Stock den Weg vor.
„So als erstens müssen wir in die Welt der Stinktiere, wenn wir die Stinktiere treffen, müssen wir ihnen Gold schenken, danach müssen wir zum Eichhörnchenland, wir dürfen ihre Nüsse nicht vergessen. Und zum Schluss müssen wir zum Vogel der Nacht fliegen, schnappen uns Lu und fliegen wieder glücklich nach Hause."
„So einfach geht das?", fragte Mr. James skeptisch.
„Na klar!" erwiderte Oscar. „So einfach wie möglich und so sicher wie nötig."
Mr. James schaute verwirrt.
Am nächsten Tag im düsteren Morgengrauen, standen alle Elstern auf den Hügel und schauten in den weiten Horizont hinein. Bedenklich und voller Angst, verließen fünf Elstern ihre Heimat und flogen über einen großen und langen Fluss.
Schon nach einer kurzen Weile, sagte Oscar: „Ich habe Hunger."
„Sag bloß nicht, dass du schon Essen möchtest, wenn du das so anfängst, werden wir nie die Höhle der Eule erreichen.", sagte Elliot sauer.
„Ach, das ist doch bloß eine Ausrede von ihm." Erwiderte Finnegan. „Er ist einfach zu schwer zu fliegen."
„Na dann, haben wir keine andere Möglichkeit. Wir müssen landen und dann gehen." Sagte Mr. James.
Finnegan brummte der Schädel.

Nach drei Tagen erreichten die Elstern die Welt der Stinktiere.
„Wer seid ihr?“ Fragte das Stinktier.
„Wir sind Elstern.“ Antwortete Mr. James.
„Ah, ihr seid die reichsten Eierleger der Welt. Ich habe sehr oft von euch gehört.“
„Eierleger“, flüsterte Finnegan sauer. „Was für ein primitiver Ausdruck.“
„Und was macht ihr in unserem Revier?“, fragte das Stinktier weiter.
„Unsere Freundin wurde von einer Eule entführt und wir sind auf den Weg zu ihr.“ Erwiderte Mr. James. „Aha!“ sagte das Stinktier. „Habt ihr Gold für uns dabei?“ Fragte das Stinktier.
Oscar flüsterte. „Stinktiere sind alle Diebe und sehr gefährlich, wenn sie eine Frage stellen, antworten wir nur mit ja.“
Das Stinktier wendete den Kopf zu ihnen und sagte: “Was sagt der Spaßvögel da? Hier wird nicht geflüstert. Habt ihr Gold oder nicht?“
„Ja!“ Antworteten die Elstern mit weit aufgerissenen Augen.
Die Elstern waren clever und gaben ihm nur einen Teil ihres Goldes. Aber das Stinktier ließ nicht locker.
„Freunde“, sagte er kalt. „Heute Abend seid ihr meine Gäste.“ Dann ging es mit den Elstern zu seinem Clan. „Leute wir haben Besuch! Lass uns heute Abend gemeinsamen feiern.“
Aber natürlich kam alles anders als die Elstern dachten.
Als die Sonne unterging und es dunkel wurde, machten die Stinktiere ein riesiges Lagerfeuer, es wurde gemütlich und warm, die Elstern entspannten sich langsam und schlossen kurz die Augen. Aber Oscar wurde auf einmal

unruhig. „Wir dürfen auf gar keinen Fall schlafen.“, sagte er leise.
Finnegan öffnete kurz die Augen und sagte: „Entspann dich, wir haben schon genug Gold gegeben.“ - „Irgendwas haben die Stinktiere vor.“ Redete Oscar weiter, aber die Elstern wollten es nicht hören. „Halt endgültig deinen Schnabel Oscar.“ Sagten die vier.
In diesem Augenblick tauchte ein weibliches Stinktier aus dem Rauch auf. Sie strahlte, sang und lachte wie ein Honigkuchenpferd. Die Elstern waren sehr beeindruckt, aber Finnegan war verzaubert von ihrer Schönheit, sein Brustkorb hob und senkte sich genau so schnell wie sie tanzte. Finnegans Flügel waren auf einmal aufgeplustert, er ging zu ihr.
„Kuckuck hübsche Dame.“ Sagte Finnegan.
„Kuckuck zurück hübsche Elster.“ Sagte das Stinktier mit einem kurz verführerischen Zwinkern in den Augen.
„Irre ich mich oder hat er tatsächlich Kuckuck zu ihr gesagt?“ Fragte Mr. James sprachlos. „Keine Elster sagt Kuckuck, wie peinlich!“ Dann auf einmal brachte das hübsche Stinktier ihren markanten Duft zum Einsatz. Es hat so fürchterlich gestunken, dass die Elstern in Ohnmacht fielen. Und mit diesem genialen Trick wurde das Gold der Elstern von ihnen gestohlen.
„Boss, was haben die Eierleger hier gesucht?“ Fragte ein Stinktier.
„Sie suchen eine gewisse Miss Lu, die sich wahrscheinlich unter den Vögeln der Nacht befindet.“ Antwortete der Boss.
„Und was mache ich jetzt mit ihnen?“
Der Boss lachte. „Schmeiß sie einfach irgendwo in den Wald, wenn die Vögel der Nacht sie finden, sind sie so gut wie Tod.“

Nach einer Weile wurden die Elstern wach, und direkt danach war ihnen bewusst, dass sie kein Gold mehr hatten und auch keine Nüsse für die Eichhörnchen. Es war ein scheußliches Gefühl alles verloren zu haben.

„Na ganz toll!“ Sagte Mr. James. „Dann erzählen die anderen Vögel, dass nur die Elstern Diebe sind.“

„So was durfte nicht passieren.“ Sagte Finnegan wütenden.

„Tja, du bist nur sauer, weil das hübsche Stinktier dich ganz schön reingelegt und verhext hat.“ Sagte Oscar mit einem Lächeln im Gesicht.

„Ich wurde genau wie ihr vergiftet und nicht verhext.“ Erwiderte Finnegan sauer.

Benjamin klopfte mit dem Flügel auf Finnegans Schulter. „Verliebt, verhext, bestohlen, mein Freund.“

„Oh, Ja!“ Ärgerte sich Oscar mit Finnegan weiter. „Ich habe schon Mal gelesen, dass wenn ein Stinktier und ein Vogel sich vermehren, bekommt man höchstwahrscheinlich ein Rührei.“

Die Elstern lachten gemeinsam.

Sie gingen noch einen ganzen Tag lang, bis zu den Eichhörnchen. Als sie ankamen kletterten die Eichhörnchen die Bäume rauf und runter, ohne eine Pause zumachen.

„Sind das Eichhörnchen?“ Fragte Mr. James zu Oscar.

„Ja, sie reden und bewegen sich sehr schnell, darum müssen wir ganz langsam reden, die Eichhörnchen dürfen nicht in Panik verfallen.“

Oscar trat ein Schritt nach vorne. „Keine Sorge, ich Regel das schon.“

„Sei gegrüßt, wir sind Elstern aus dem Elsterland.“, sagte Oscar in Zeitlupe. Benjamin und Elliot warfen sich einen Blick zu.

„Hast du ein Vogel Junge?“ Sagte einer von den Eichhörnchen.

„Liebes Eichhörnchen," sprach Oscar weiter. "Ihr braucht euch nicht zu fürchten, wir sind eure Freunde."
Aber das Eichhörnchen interessierte sich nur für eins.
„Nüsse, Nüsse. Habt ihr Nüsse?" Fragte das Eichhörnchen rasend.
„Nein, leider haben die Stinktiere uns alle Sachen geklaut." Antwortete Oscar.
„Das ist nicht mein Problem, du Vogel, so nehmen wir alle fest und durchsuchen sie." Sagte das Eichhörnchen mit befehlender Stimme.
„Wow das kitzelt." Sagte Elliot lachend, während die Eichhörnchen ihn untersuchten.
Ein Eichhörnchen, klopfte auf den Kopf von Finnegan, um nach Nüssen zu suchen, dann sagte eine anderes: Nimm das Pummelchen als erstes. Er hat bestimmt größerer Nüsse.
Das Eichhörnchen klopfte und klopfte auf den Kopf von Oscar. Dann sagte er. „Nichts drin Chef."
„Na toll!" Sagte der Anführer. „Schon wieder eine hohle Nuss."
Oscars Atmet erleichterte auf.
Finnegan rollte mit den Augen. „Tja, das war mir schon immer bewusst."
Mr. James versuchte die Situation zu beruhigen.
„Ich habe eine Idee. Auf den Weg zurück nachhause, bringen wir jede Menge Nüsse für euch mit."
„Untersucht seinen Kopf." Befahl der Anführer.
Das Eichhörnchen klopfte ganz fest.
„Der hier hat eine sehr harte Nuss, Sir."
Der Chef der Eichhörnchen nickte zustimmend.
„Lasst sie frei."
Und in wenigen Minuten waren die Eichhörnchen wie vom Erdboden verschwunden.

Die Elstern lachten und liefen zwei Tage und zwei Nächte durch einen fremden Wald. Sie wussten, sobald es dunkel wird, kommen die Eulen. Sie versteckten sich und warteten bis es hell wurde.
Am nächsten Tag bei Morgenlicht liefen sie ohne Angst, durch den Wald, weil sie wussten, dass die Feinde zu dieser Uhrzeit schliefen, aber sie vergaßen, dass eine Eule morgens immer aktiv war.
Und auf einmal sah Elliot einen weißen Vogel. „Gefahr, Gefahr!“ sagte Elliot leise. „Die Feinde der Nacht beobachten uns.“
„Um Himmels willen! Es ist 7 Uhr morgen, ist die Eule überhaupt nicht müde!“ Erwiderte Oscar.
Die Elstern seufzten. „Aber nicht die Schnee - Eule du dummer Vogel.“ Sagte Elliot. Und genau in diesem Moment flog die Eule geräuschlos zu den Elstern.
Mr. James, Benjamin Oscar und Elliot, schafften es sich in einer kleinen Höhle zu verstecken. Aber Finnegan war viel zu langsam. Er hockte zitternd auf den Boden. Die Schnee-Eule saß ganz ruhig in einen Baum und beobachtete Finnegan ganz genau. Eine falsche Bewegung, konnte das Ende von Finnegan sein.
„Wir sind heute Abend erledig.“, sagte Benjamin.
Plötzlich erinnerte Oscar, dass er über so eine Situation schon mal was gelesen hatte, aber er konnte sich nicht mehr genau daran erinnert. Nach einer Weile sagte er:
„Neben Finnegan liegt ein riesiger Haufen Kot von einer Eule.“
„Und, was soll das heißen?“ sagte Benjamin.
„Naja, er muss sich in diesen riesigen Haufen Kot wälzen, um seinen Geruch zu verlieren, nur so kann er die Nacht überstehen.“
„Finnegan, Finnegan!” rief Mr. James. „Du musst dich sofort in dem Kot wälzen.“

„Was! Und wie kommst du auf so was?“, fragte Finnegan mit zitternder Stimme.
„Tja, Oscar sagt das, aber du hast keine andere Wahl mein Freund.“
„Großartig!“ Erwiderte Finnegan.
Er wälzte sich tatsächlich in dem Kot aber die Elstern waren vor lauter schreck so erschöpft, dass sie in wenigen Minuten fest eingeschlafen waren.
Nach ein paar Stunden war Elliot wach und fragte nach Finnegan.
„Wo ist Finnegan? Er müsste schon längst hier sein.“
„Oje!“ Sagte Oscar. „Er steckt immer noch in der kacke.“
Mr. James war baff.
„Um Himmels willen! Wo ist unsere Eleganz geblieben.“ seufzte Mr. James.
„Hört ihr das?“ Sagte Benjamin. „Jemand ist in der Höhle.“
„Ja, ja, dasitzt bestimmt Finnegan.“, sagte Oscar.
„Wieso bist du dir so sicher?“, fragte Benjamin.
„Naja, das riecht man doch, oder?“
„Finnegan, wie konntest du so lange aushalten?“, fragte Mr. James besorgt.
Die anderen Elstern lachten leise.
„Lacht ihr etwa über mich?“, fragte Finnegan mit gedämpfter Stimme.
Oscar grinste unverschämt. „Nun, jemand muss die feine Arbeit machen, oder?“
„Ach was!“, erwiderte Finnegan und verschränkte die Flügel vor der Brust.
„Beruhigt euch ein bisschen.“ sagte Mr. James genervt.
„Nichts für ungut, James, aber wie kommen wir hier raus?“, fragte Benjamin verzweifelt.
„Ich weiß und zwar so!“ Sagte Finnegan, während er den Kot abschüttelte und lachte.

Inzwischen war es schon kurz vor Mitternacht, die Elstern wollten gerade die Höhle verlassen als Donner, Gewitter und Blitz kamen, ihre Schnäbel waren blass vor Angst. „Wir haben jetzt keine andere Wahl als nachhause zurückzufliegen.“ Sagte Mr. James verzweifelt, doch dann erinnerte er sich am Lus Worte:
Sie geben immer sehr schnell auf, nicht war, Mr. James!
In diesen Moment war seine Angst verschwunden.
„Wir müssen unsere Angst mit Weisheit bekämpfen.“ Sagte Mr. James mit fester Stimme.
Nach einer Weile schaute Finnegan aus der Höhle raus und sah viele Sternschnuppen über den dunklen Winternachthimmel flitzen. Von lauter Angst schlug sein Herz bis zum Hals. „Eins steht jetzt schon fest, wir sitzen in der Klemme.“
Als Mr. James nach draußen sah, dachte er wieder an Lu, dann lächelte er erleichtert.
„Das sind nur Sternschnuppen und sie kommen gerade im richtigen Moment.“ sagte Mr. James sehr sicher.
„Was hat das für eine Bedeutung?“, fragte Finnegan mit besorgtem Blick.
„Lu erzählte mir einmal, dass Sternschnuppen kein Fluch sind und wenn sie am Nachthimmel erscheinen, dürfen wir uns immer etwas wünschen und das geht dann in Erfüllung.“
Die Elstern nickten mit weit aufgerissenen Augen.
„Nun, worauf wartet ihr noch? Oder meint ihr vielleicht, der Himmel würde eine Ewigkeit auf uns warten.“
Direkt danach flogen die Elstern aus der Höhle raus und wünschten sich Gemeinsam, Lu wieder zu finden, anschließend gingen sie zusammen in den dunklen Wald hinein. Auf einmal war ein kräftiger Windstoß zu spüren. Die Elstern trauten ihren Augen nicht als sie dutzende Eulen sahen die auf sie zu kamen.

Sie schlossen ihre Augen und warteten bewusst auf ihren Tod.
„Was haben wir denn hier?“, sagte eine von den Eulen mit düsterer Stimme. „Sagt mal Jungs, wie schmeckt ihr denn so?“ Die Elstern zitterten von Angst.
„Warum seid ihr so aufgeregt“, fragte die Eule. Wir möchten euch nur Essen.“
Plötzlich kam eine schrille Stimme aus dem Gebüsch hinaus.
„Lasst gut sein, Jungs, niemand wird hier gefressen.“ Sagte die weise-Schnee Eule, die vor wenigen Tagen schon hinter ihnen her war.
„Oh das ist aber blöd“, sagte eine Eule Namens Windsack.
Oscar war erleichtert als er das hörte und versuchte schnell das Thema zu wechseln. „Entschuldigung, dass ich mein Schnabel aufmache, aber wir könnten schnell ein Spiel spielen.“
„Und wie heißt das Spiel?“, fragte eine Eule neugierig.
„Das Spiel heißt: Ich bin hier, ich bin dort ich bin fort.“ Erklärte Oscar mit klappernder Stimme.
„Ach, ja? Und wo seid ihr gerade?“, fragte Windsack.
„Fort, das sagte ich doch.“, sagte Oscar. „Wir sind nur ein Produkt eurer Fantasie.“
Windsack schüttelte heftig den Kopf und sagte zu Esralda, der Schnee-Eule: „Ich glaube mit diesem Vogel stimmt was nicht.“
„Er ist echt seltsam.“ Antwortete Esralda.
Finnegan bekam schlechte Laune als er das hörte.
„Wir fliegen jetzt alle zügig über den See nach Norden.“, sagte Esralda.
Mr. James räusperte sich. „Über den See nach Norden?“, wiederholte er sich. „Darf ich zumindest fragen, was uns dort erwartet?“

„Die Königin der Eulen natürlich." sagte die Schnee-Eule.
„Merkwürdig finde ich das, vor ein paar Tagen wollte sie uns noch fressen und jetzt bringen Sie uns zu ihrer Königin.", sagte Oscar.
„Ach, das ist Schnee von gestern.", die Schnee-Eule lächelte still.
„Hast du das gehört Finnegan?" erwiderte Oscar. „Die Königin der Nacht wartet auf uns. Ist das nicht toll?"
Finnegan legte die Stirn in Falten und seufzte dazu.
Die Elstern hatten keine Chance weg zu fliegen, weil die Eulen mit ihren riesigen Füssen die Elstern nahmen, als ob es kleine Mäuse wären, und mit ihrer großen Flügelspannweite flogen sie lautlos über den See.
Als die Elstern die Augen wieder öffneten, waren sie im Reich der Vögel der Nacht, zusammen mit den Feinden. Alle Arten von Eulen lebten dort. Es gab: Bartkauz, Rauhfusskauz, Schneeeule, Waldkauz, Waldohreule, Steinkauz, Schleiereule, Stumpfohreule, Sperbereule, Schleiereule, soweit das Auge reicht. Die Eulen landeten zusammen mit den Elstern vor einem riesigen Höhleneingang. Dort gab es viele Durchgänge. Überall gab es Feuer Fackeln, wo durch eine angenehme wärme und gemütliche Atmosphäre geschaffen wurde. In der Höhle konnten die Eulen mit Leichtigkeit hin und her fliegen.
„Bitte wartet einen Augenblick hier, ich werde der Königin Bescheid geben, damit sie euch empfangt." sagte die Schnee-Eule mit fester Stimme. Die Elstern atmeten ungewollt heftig aus, außer Oscar, er wollte immer eine echte Königin kennenlernen.
„Nicht gut! Das ist gar nicht gut." Wiederholte Elliot mehrmals. „Das ist nicht irgendeine Königin, sondern die Königin der Nacht, die uns empfängt."

Auf einmal machte Oscar einen komischen Gesicht Ausdruck, weil viele Eulen sie seltsam anstarren. Aber vielleicht waren sie nur Neugierige, so viele Estern auf einmal gab es in ihrer Höhle wahrscheinlich noch nie. Plötzlich versuchte Oscar den Gesichtsausdruck der Eule nachzumachen.
„Was machst du für ein Gesicht, Oscar?“, sagte Finnegan stinksauer.
„Ich mache den Eulenblick nach.“, antwortete Oscar. Und genau in diesen Moment gingen zwei Eulen Damen vorbei. Sie sahen Oscar an und eine sagte zur anderen.
„Die Welt ist voller Bekloppter Vögel, nicht wahr?“
„Ja stimmt, es werden in letzter Zeit nur faule Eier geboren, Wahnsinn, oder?“
Plötzlich bemerkte Finnegan, dass eine Eule ihn seltsam vor der Seite anschaut. Es war Windsack.
Er lächelte Finnegan an, Finnegan grinste zurück. Nach einer Weile flüsterte Windsack in sein Ohr:
„Hör mal! Ist das wirklich wahr, dass alle Vögel einen Vogel haben?“
Finnegan schaute Windsack einen Moment lang an und antwortet. „Keine Ahnung man, frag dich doch selbst!“
„Warum soll ich mich selber fragen.“, sagte Windsack erstaunt.
Finnegan seufzte. „Weil du auch ein Vogel bist, man.“
Die schlechte Laune von Finnegan wurde immer größer, zum Glück kam Esralda gerade in den Moment aus der Höhle raus.
„Folgt mir, die Königin wartet schon.“
„Lass Oscar vor gehen.“, sagte Finnegan.
„Wieso, muss ich vor gehen?“
„Nun, einer muss der Lockvögel sein, oder?“
Die Elstern gingen tief in die Höhle rein, es sah aus wie ein riesiges Labyrinth, wo man sich leicht verlieren

konnte. Auf einmal waren alle in einem großen Saal, wo die Königin sich befand. Die Elstern schauten alle schweigsam hin.
Dann machte die Schnee-Eule eine kurzen knick. „Meine Königin, hier sind die Elstern auf, die ihr so lange gewartet habt."
Die Königin saß auf einem bequemen Thron mit dem Rücken zu den Elstern. Auf einmal drehte sie langsam den Kopf nach vorne.
„Ich bin Bubo Bubo, die wahre Königin der Nacht. Es ist mir eine große Freude und Ehre euch hier zu empfangen." Sagte ein sehr alter Uhu mit zerbrechlicher Stimme. Ihr braunes und dunkelbraunes gestreiftes Gefieder war schon verblasst und ihre Augen waren nicht mehr so gut wie vor vielen, vielen Jahren.
Mr. James trat ein paar Schritte nach vorne, machte kurz einen Knick und sagte:
„Eurer Majestät, wir sind den ganzen Weg geflogen, um eine Freundin zu retten, die von euch entführt worden ist." Die Königin fand das lustig und sagte: „Ich kenne eure Freundin, sie heißt doch Lu, oder?"
Dann stand die Königin langsam von ihrem Thron auf und sagte weiter: „Lu ist nicht von uns entführt worden, sie ist freiwillig hier. Sie gibt jetzt unseren kleinen Eulen Unterricht, sie können jetzt zu ihr gehen."
Und als die Elstern das Zimmer betreten, sahen sie Lu ganz glücklich. Lu war ein fremder Vogel in einer fremden Welt aber die Eulen akzeptierten sie, so als ob sie einer von ihnen wäre.
„Es ist sehr schön dich zu sehen, Lu.", sagte Mr. James.
„Mr. James, du schräger Vogel, es ist auch sehr schön dich zu sehen."
Schließlich erzählte die Königin den Elstern, dass sie auch früher eine Außenseiterin war unter den Eulen und

wie sie es geschafft hat, alle zusammen zu bringen. Ab diesem Moment war für alle Elstern klar, dass Lu genauso Weise wie der Alte Uhu war.
„Wir kommen, um dich zurückzuholen.“, sagte Mr. James.
„Hast du mich etwa vermisst?“, fragte Lu.
„Wie verrückt!“, sagte er laut.
„Dann ist Zeit nach Hause zu fliegen.“
Am nächsten Tag verabschiedeten sich die Elstern von den Vögeln der Nacht.
„Ich begleite euch bis zu dem Hügel, meine langen Flügel werden euch helfen bis zum Sonnenuntergang wieder zu Hause sein.“ sagte die Schnee- Eule.
Aber als sie über die Welt der Eichhörnchen flogen, warfen die Elstern viele Nüsse hinunter, wie besprochen.
Am späten Nachmittag erreichten sie ihre Heimat und Lu war überrascht, wie die Elstern sich verändert hatten. Am nächsten Tag flog Mr. James mit Lu zu diesem hässlichen und einsamen Teich, der irgendwo im Wald versteckt lag. Sie pflanzten gemeinsam wunderschöne Blumen um den Teich herum und jedes Mal, wenn Mr. James und Lu auf das Wasser schauten, konnte der Teich in den Augen der beiden sehen, wie schön er jetzt war.
Und genau an diesem einsamen Ort, wurde die Hochzeit des Jahres gefeiert, wo Mr. James und Lu heirateten. Die Geschichte von Mr. James und Lu verbreitete sich ganz schnell weit und breit in der Welt. Jede Tierart wollte Lu unbedingt kennenlernen und so kamen viele Gäste zu der Party. Sie feierten gemeinsamen und glücklich viele Tage und viele Nächte mit ihnen, danach gingen und flogen die Tiere mit einem Glücksgefühl wieder nach Hause. Mr. James machte endlich eine Weltreise mit Lu und sie waren glücklich bis ans Ende ihres Lebens.

europabuch